RÉFLEXIONS

SUR LA PÉTITION

DE M. MADIER DE MONTJAU,

CONSEILLER A LA COUR ROYALE DE NISMES,
CHEVALIER DE LA LÉGION-D'HONNEUR,

ADRESSÉE

A LA CHAMBRE DES DÉPUTÉS;

PAR A. P.

Est modus in rebus , sunt certi denique fines
Quos ultra citraque nequit consistere rectum.
HORAT.

NISMES ,

CHEZ TOUS LES LIBRAIRES.

—

1820. AVRIL. 29.

RÉFLEXIONS

SUR LA PÉTITION

DE *M. MADIER DE MONTJAU*, *Conseiller à la Cour Royale de Nismes, Chevalier de la Légion d'Honneur, adressée à la Chambre des Députés.*

———————

I

JE suis loin de vouloir contester le droit de pétition à **M.** Madier de Montjau, droit qui lui est consacré par la Charte constitutionnelle; mais je demanderai aux Législateurs, quelles seront les peines à infliger au pétitionnaire exagéré, qui compromettra la tranquillité de son pays, qui le calomniera aux yeux de la nation, de l'Europe entière, en rappelant des faits pour la plupart controuvés et exagérés, ou en prédisant de nouveaux malheurs qui n'existent que dans le cerveau timoré du signataire. Les faits, les actions sont comme les objets aperçus à l'aide d'une loupe, plus on l'éloigne du point fixé, plus ils grossissent. Quel est le voyageur qui osera passer par Nismes, après avoir lu la pétition de **M.** Madier de Montjau? Quel est le négociant qui voudra accepter une lettre de change sur cette place? tout est en combustion dans le département du Gard, se dira-t-il, et il ne faut qu'une étincelle pour allumer le volcan. *On regrette de n'avoir point fait fin de cette race*, on demande *des* *mesures promptes et terribles.* — Un fonctionnaire public demande au Roi *d'abjurer la clémence et de ne régner que par l'ÉPÉE.* Voilà le moindre danger de cette pétition. Je me permettrai donc, dans l'intérêt général, dans celui même de M. Madier, quelques observations sur sa pétition. Elles pourront mêmelui être utiles , en lui faisant voir les écarts que nous causent souvent un zèle indiscret, une tête trop ardente.

Je ne suis d'aucun parti, je suis chrétien , je suis fran‐ çais ; je ne suis rangé sous la bannière d'aucune secte ; le Roi et la PATRIE, voilà mon tout. Je mettrai donc dans mes réflexions l'impartialité d'un homme juste et vrai.

M. de Montjau demande l'attention et l'intérêt pour une pétition individuelle ; *Écoutez-moi,* s'écrie-t-il, *quoi‐ que je me présente seul , et précisément parce que je suis seul ;* et pour prouver l'immense utilité de sa pétition , il assure qu'il affronte, en écrivant, mille poignards dirigés contre lui. Je m'empresse de rendre la tranquillité à M. de Montjau , car l'idée de ces poignards doit beaucoup trou‐ bler son imagination craintive. Nul poignard ne le menace ; sa tête seule s'est forgée des dangers ; mais s'il y en avait, il serait trop heureux, l'héroïsme des La Vaquerie , des Mathieu Molé , Achille de Harlay , revivraient en lui, (et non revivent, comme le dit M. Jay ; je n'aime point les oraisons funèbres faites du vivant des personnes.) Il ne manque qu'une petite égratignure à M. de Montjeau , et sa réputation est universelle. C'est une victime.

Nominatus est usque ad extrema.

Comment donc dans une ville de 3o mille habitans il ne se trouve qu'un homme assez courageux pour *montrer combien sont probables les maux dont nous* sommes menacés ? Comment aucun fonctionnaire public, aucun membre de la cour royale, aucun membre du barreau, aucun ecclésiastique, n'a osé se présenter comme M. de Montjau ? Pourquoi donc ce silence de la part de tous ? Est-ce manque de courage, comme le laisse entrevoir M. de Montjau ; mille poignards dirigés contre eux, intimident-ils tous les magistrats ? Non, mais pourquoi donc ce silence ?... C'est qu'il n'est permis qu'à la perspicacité du pétitionnaire d'apercevoir les *maux probables qui nous menacent.*

M. de Montjau prétend *être contraint à jeter un regard sur nos maux passés.* —— Il serait plus prudent, selon moi, de tirer le rideau sur ces scènes de désolation. 1815 est loin de nous, les époques ne sont plus les mêmes et ne reviendront jamais. Si vous me parlez du massacre du 13.me régiment de ligne après la capitulation, je parlerai du massacre des Miquelets qui capitulèrent avec S. A. R. le duc d'Angoulême ; je vous rappellerai les postes établis aux portes de la ville, *détroussant* ces malheureux rentrant dans leur famille.

—— Les fautes ont été graves de part et d'autre. Pour faire renaître cette fraternité qui régnait parmi tous les habitans en 1814, il faut effacer jusqu'au souvenir de ces fautes, et non pas, comme le pétitionnaire, en parlant modération, réveiller les passions mal éteintes; semblable à Voltaire qui, tandis qu'il prêchait la tolérance, écrivait à ses amis : *Qu'il voudrait que les philosophes fussent assez riches et assez nombreux pour aller avec la flamme et le fer exterminer les chrétiens.*

M. de Montjau prétend que le 17 février, époque où parvint la fatale nouvelle de l'assassinat du duc de

Berry, des joies atroces furent aperçues. Vous insultez, M. Montjau, vos concitoyens, vous les calomniez ; quel est le Français, quel est l'être assez privé de sentiment, quelques soient ses espérances, pour se réjouir d'un assassinat ? Ces monstres n'existent sans doute que dans le cerveau du pétitionnaire.

Quant aux circulaires du comité directeur, je ne les connais point. Si elles existent, elles sont illégales ; et le Magistrat qui a connaissance de conciliabules, qui en connaît les membres, qui a eu communication des circulaires, est coupable envers le Gouvernement, envers la société, de ne les avoir pas dénoncés aux tribunaux ; il est bien plus coupable encore, si ses fonctions exigent de lui un serment qu'il viole par ce silence criminel.

Le pétitionnaire rappelle l'adresse de Sauve ; il rapporte aussi une phrase d'une adresse proposée par un fonctionnaire public, comme preuve de l'effet qu'a produit, dans ces contrées, la circulaire du comité directeur n.º 38. Que répondre à une preuve si indubitable ? Où ne nous conduit pas l'effervescence de nos passions ! Le rédacteur de l'adresse de Sauve, le fonctionnaire public qui a écrit : *Il est temps, Sire, il est temps d'abjurer la clémence et de ne régner que par l'épée*, ont cédé à son influence ; et M. Montjau lui-même, n'est-il pas, pour tout homme sage et modéré, la preuve que, dans les affaires, les hommes passionnés ont des momens heureux d'enthousiasme, qui produisent quelquefois des succès, mais que, d'habitude et à la longue, ils font de grandes fautes ; ils brouillent, bouleversent tout.

La passion quelquefois inspire bien, mais elle conseille mal ; elle est bonne, quand il faut de l'énergie ; elle est pernicieuse, quand il faut de la mesure et de l'esprit de conduite. Malheureusement pour le siècle où nous vivons, les écrivains politiques ne ressemblent que trop à cette secte d'illuminés d'Allemagne, qui avait pris pour devise : *Rien par raison, tout par passion.*

M. de Montjau dévoile des faits, qui, s'ils existaient, compromettraient l'honneur du pétitionnaire. Car, comment a-t-il pu connaître un conciliabule qui a eu lieu dans la nuit du 7 au 8 février, sans le dénoncer à l'autorité, vu que cette réunion était inconstitutionnelle, puisqu'elle avait pour but d'ordonner une inspection secrète d'une garde nationale dissoute *par ordonnance du Roi*, et que toute nomination à des grades dans ce corps était criminelle, puisque ce corps n'a point une existence légale ? Avoir connu ce conciliabule et le taire, c'est s'en rendre tacitement complice, au moins approbateur.

Je demanderai à M. de Montjau, quel droit il a pour attaquer le régiment suisse qui forme la garnison de cette ville. La seule raison qu'il présente est *la joie immodérée que témoignèrent de leur arrivée, les hommes de ces désastreuses années.* Je dirai à M. de Montjau que, si les troupes étrangères sont un malheur pour un pays, on est heureux de les posséder dans les temps où nous vivons. — Si, comme vous l'assurez, l'on est prêt à entrer en révolution, il faut employer la force armée. Les suisses, modèles de discipline et d'obéissance, ne suivront que les ordres donnés par leurs chefs ou émanés des fonctionnaires publics ; et s'il y a une goutte de sang répandue, nous rendrons grâce à la providence que ce ne soit pas par l'arme d'un français ; c'est peut-être le seul moyen d'éviter la guerre civile, tout en employant une grande force. Les troupes française dans une émeute, ne sont pas, comme des étrangers, des êtres passifs qu'un signe fait mouvoir, qu'un signe fait arrêter ; le soldat français n'est point dans ces circonstances spectateur inactif ; les révoltés, s'il y en a, parlent la même langue que lui ; on lui oppose dans ces occasions des femmes, des enfans ; les unes parlent à ses passions, les autres à son cœur ; et nous avons vu souvent le soldat plein de droiture, marcher plein de courage, se laisser apaiser, séduire et tourner vers ceux qu'il devait combattre.

Vous avez demandé *une garnison forte et inaccessible à l'esprit de parti* ; votre demande a été accordée : la garnison est presque doublée, et les soldats qui la composent sont, par leur nature, étrangers à aucun parti ; vous n'avez point à craindre que *les circonstances que vous redoutez amènent les mêmes résultats.*

Je ne sais comment expliquer cette remarque de M. Madier de Montjau ; il dit, pag. 10, qu'on lui répondra peut-être : *Vous avez écrit naguère que le calme régnait à Nismes.* Il prétend *qu'il n'a voulu parler que de ce calme extérieur qui souvent précède la tempête.* Quel malheureux pays où le calme est un signe d'agitation ! malheureuse France, les troubles vont t'agiter ! tu vas revoir des jours de terreur, car le calme est par-tout, dans chaque province, dans toutes les villes, dans tous les villages, dans tous les hameaux.

M. de Montjau consent à ne point parler de la souscription ouverte en faveur de Truphémy : moi, j'en parlerai, je

la regarde comme une œuvre de charité. Après un juge-
ment rendu, la vengeance n'appartient qu'à Dieu: *Mihi
vindicta*, a dit Notre Seigneur. C'est une aumône faite non
à un misérable, non à un criminel, mais à un chrétien,
à un frère. M. de Montjau semble accuser ceux qui ont
envoyé un avocat pour le défendre. Moi aussi, je suis d'une
association qui a pour but de faire défendre les pauvres
accusés ; j'en fournirai même à mon assassin, s'il était
sans talent et s'il n'avait pas le moyen d'être assisté d'un
défenseur, parce qu'il peut être innocent. Vous voudriez
donc, M. Montjau ôter à l'accusé le secours d'un défenseur.

Ami inconsidéré, vous compromettez à chaque page,
à chaque ligne de votre écrit, le procureur du Roi ; il
doit être bien peu satisfait de votre pétition : car presque
tous les faits dont vous rendez compte, tels que conciliabules, associations secrètes, réorganisation d'une garde
nationale, armement de cette même garde, sont des
faits inconstitutionnels, contraires à la sûreté du gouvernement, et il est du devoir du procureur du Roi d'en
faire poursuivre les auteurs.

M. de Montjau conjure les députés d'interposer leur
recommandation auprès des ministres de Sa Majesté, pour
opérer le désarmement de cette *redoutable* garde nationale. La garde nationale n'existe plus ; déjà on l'a désar-
mée : on ne peut exécuter cette mesure une seconde fois.
Le pétitionnaire conjure ensuite les députés d'en prévenir
la réorganisation ; donc elle n'existe pas : ainsi, M. de
Montjau, quand vous parlez d'une inspection secrète
de garde nationale, de promotions, vous êtes inconséquent
avec vous-même.

Il est très-difficile de répondre avec suite à M. de

(3)

Montjau, car il est excesssivement diffus daus sa pétition.
Je ne le suivrai pas dans des considérations générales sur
divers corps des magistrats , sur les adresses signées par
eux à l'occasion de l'assassinat de S. A. R. M.gr le duc de
Berry. Il entreprend la défense des écrivains libéraux ,
qu'il prétend accusés du forfait le plus abominable. Plus
loin le pétitionnaire s'exprime ainsi : *Magistrats des cours
royales du midi , l'âme du Monarque est déjà en proie
à trop d'afflictions , ne la troublons pas davantage par
des conseils violens.* Comment , c'est M. de Montjau
qui interdit les conseils violens ? lui à qui la peine de
Truphémy, condamné aux galères à perpétuité, ne paraît
point assez grave ; lui qui veut que la justice s'empare
de nouveau de Trestaillon acquitté déjà plusieurs fois ;
lui qui vient de nouveau arracher de l'oubli , des temps où
le malheur était par-tout. M. de Montjau ne veut point de
conseils violens ...... , il ne veut que des échafauds.

Pour donner une idée des faux bruits ajoutés
aux malheureux événemens de Nismes, on n'a qu'à lire
la note de la page 26 de l'ouvrage , ou la seconde des
considérations constitutionnelles sur la pétition. La voici
textuellement : *Cet ultra royaliste* (Trestaillon) *a reçu
le sobriquet de Trois Taillons, parce que , après avoir
tué les protestans , il a coutume , dit-on , de couper le
cadavre en trois morceaux.* Quel est le citoyen qui ne
rira pas de pitié à de telles absurdités. Tout le monde
sait que ce surnom lui fut donné dès son enfance, et
qu'il n'est connu à Nismes, depuis sa jeunesse , que sous
le nom de Trestaillon. Et voilà comme on écrit l'histoire !

Vous signalez plusieurs personnes , M. de Montjau ;
de quel droit les mettez-vous en butte à la vindicte pu-

blique ? Quand on trace , je suis forcé de le dire , des por-
traits aux traits grossiers desquels on reconnaît cepen-
dant les individus dont vous voulez parler , pourquoi
avoir la lâcheté de ne point les nommer ? ce qui fait que
ces personnes accusées ne peuvent se défendre, se dis-
culper, puisque vous vous reservez toujours des moyens
de dénégation. Et quand les torts imputés avec tant de
légèreté auraient été réels, n'est-il pas toujours imprudent et inhumain de renouveller et d'aggraver des dou-
leurs maternelles, de troubler le repos filial, de rompre
les liens des familles , de désunir des amis ? D'ailleurs où
avez-vous puisé vos preuves ? vous ne les tenez certaine-
ment pas de ceux qui pourraient seuls en donner de
véridiques ; des bruits de ville, ramassés dans des carre-
fours ; voilà sans doute les matériaux qui ont servi à
construire la base de votre ouvrage, si mal-adroitement
et si fragilement dressé. Vous parlez de liberté, M. de
Montjau ; mais votre écrit est capable de nous la faire
perdre : car il peut troubler de nouveau le bon ordre
qui règne parmi les citoyens ; et la liberté publique , M.
de Montjau, une liberté réelle, c'est l'ordre : voilà la
souveraine justice et le véritable bonheur d'une nation.

« Mon honorable ami, le procureur du Roi , dit M.
» de Montjau, en acceptant ces difficiles fonctions il y
» a quinze mois, déclara avec franchise qu'il ne s'impo-
» sait pas l'obligation d'accéder aux demandes que lui
» portaient en foule les familles des victimes de 1815, et
» qu'il ne croyait pas avoir été nommé pour apurer un
» effroyable arriéré ; qu'il croyait pouvoir garantir, par sa
» fermeté, la tranquillité de l'avenir, sans remonter vers
» le passé. » Est-il possible de rendre à ses amis de plus

mauvais services que M. de Montjau ? M. le procureur
du Roi s'empressera sans doute de démentir la déclara-
tion que lui a fait faire le pétitionnaire. Car , ne serait-il
pas condamnable, ne mériterait-il pas toute la rigueur
des lois, un homme appelé par ses fonctions à poursuivre
tous les délits , tous les crimes, refusant de recevoir les
plaintes des familles des victimes ? Et quelles sont ces
raisons ? *C'est qu'il ne croit pas avoir été nommé pour
apurer un effroyable arriéré.* — Nous cherchons quelques autres motifs ; peut-être que les crimes ont été
commis en masse ; un seul a peut-être été le crime d'une
multitude. Mais M. de Montjau ne laisse même pas à M.
le procureur du Roi ce seul moyen de défendre cette
conduite ; il ajoute sur-le-champ : « *Qu'à la vérité, les
crimes que l'on voulait punir étaient des crimes* indivi-
*duels ; mais que le nombre des assassins était si grand ,
que la pensée de les punir tous était affligeante.* », Raison
vraiment aussi plaisante que ridicule, et qui jette beaucoup de déconsidération sur celui qui l'a écrite et sur
celui qui a tenu ce langage. — J'aime à croire cepen-
dant qu'il n'existe pas un fonctionnaire , si ennemi du
repos public, si ennemi du repos de ces concitoyens,
si ennemi de son gouvernement, si ennemi des lois , si
ennemi de lui-même, qui prétende qu'il faille choisir
les coupables ; et que ce droit n'appartient qu'au gouvernement. Le Roi seul a le droit de faire grâce, c'est le
plus beau fleuron de sa couronne ; ne pas poursuivre les
criminels, c'est porter atteinte à ce droit auguste. Tant
qu'il y a de criminels non accusés, le procureur du Roi
est coupable. Espérons néanmoins que , quelque amitié
qu'il puisse avoir pour M. de Monjau, le procureur du

Roi démentira ces paroles, qui portent atteinte à son honneur, et nous prouvera par cette démarche, que l'imagination du pétionnaire a seul enfanté un tel langage.

Vous parlez avec indignation du recours en grâce formé, à ce que vous croyez, pour Truphémy. Mais, M. de Montjau, soyez donc un peu raisonnable : s'il n'y avait pas de coupables, il n'y aurait pas de condamnés, il n'y aurait pas de recours en grâce , et le Roi n'aurait plus à user de ses droits. — Si Truphémy était innocent, on demanderait justice ; et c'est parce qu'il est criminel qu'on peut demander grâce.

Vous l'inculpez de onze nouveaux assassinats; vous abandonnez donc vos nobles fonctions de juge , pour vous placer sur le banc des accusateurs : Où sont vos preuves ?... Vous répondez : Truphémy s'en est publiquement vauté. Oubliez-vous, M. de Montjau, que l'aveu de l'accusé n'est pas une preuve? Vous ajoutez : *qu'en la double qualité d'avocat et de major de la garde nationale , le défenseur de Boissin aille dix fois encore arracher Truphémy aux cours d'assises.* Je suis obligé de relever cette phrase pour deux causes. La première , parce qu'elle contient peut-être plus qu'une inexactitude. M. l'avocat n'est pas major de la garde nationale , car il n'y a plus de garde nationale , elle a été licenciée ; et vous venez vous-même de prier la chambre d'en prévenir la réorganisation. Secondement, c'est que M. de Montjau semblerait vouloir ternir la réputation de l'honorable avocat par des paroles privées d'un sensbien complet. Honneur , mille fois honneur aux talens du défenseur qui arrache un accusé à la mort ; combien est grand à mes yeux celui dont l'éloquence a pu persuader les juges et les jurés ..... ; quel plus beau jour pour un avocat, que celui où un accusé, suivi de toute sa famille, se jette à ses pieds en l'appelant son libérateur, son sauveur : combien est grande l'émotion de l'auditoire, émotion plus forte en raison de la culpabilité, et de gravité de la peine à appliquer : c'est une récompense que ni l'argent, ni les honneurs, ni les flatteries ne peuvent compenser.

M. de Montjau, pour appuyer la demande contre Truphémy et Trestaillon, se compromet lui-même par de ridicules mensonges ; il dit : *Les terreurs de la France entière et l'agitation de ce malheureux pays..... Je viens de traverser une grande partie de la France*, je n'ai vu que tranquillité ; j'ai parcouru ce département, le calme existe par-tout ; mais M. de Montjau prétend que le calme est signe de tourmente ; et voilà pourquoi il est si craintif ; voilà pourquoi sans doute il voit des poignards par-tout dirigés contre lui, quand il n'y a que des signes, non de haine, mais de *pitié*.

M. de Montjau, après avoir erré long-temps, arrive enfin à défiler une kyrielle de crimes qu'il prétend avoir été commis. Je ne prétends pas les défendre ; je suis loin d'être l'approbateur d'aucun excès ; mais les torts ont été graves de part et d'autre. Il serait plus sage, je crois, de taire ce qu'on sait ; de ne pas parler de ce qu'on croit savoir ; car si vous parlez, comme je l'ai dit plus haut, de 18 5, ceux que vous accusez parleront des cent jours et de 93. Disons qu'ils n'ont fait qu'user de représailles envers ceux qui avaient commencé : cette conduite est très-reprochable, il est vrai ; mais un peuple connaît-il des bornes ? Il a prouvé dans tous les temps, qu'on peut le faire mouvoir, mais non l'arrêter. Je choisirai deux faits au hasard dans ceux que le pétitionnaire reproduit : « *Je ferai retentir*, dit-il, *cet arrêté d'un commissaire extraordinaire, qui, le 20 juillet 1815 (observez cette date), à l'époque la plus féconde en pillages et en assassinats, ordonnait à des infortunés qui avaient fui pour éviter la mort, de rentrer dans Nismes dans le délai de huit jours, sous peine de séquestration de biens.* Je ne répondrai à M. de Moutjau que par l'article 66 de la Charte constitutionnelle donnée par le Roi, en 1814.

« Art. 66. La peine de la confiscation des biens est abolie, et ne pourra pas être rétablie. »

Quant aux outrages commis sur le cadavre d'une jeune personne, je les ignore, et ne les crois pas ; tout homme de bon sens et calme aura de la peine à imaginer que l'on se soit permis des obscénités sur un corps que les vers se disputaient déjà. Je pourrais expliquer et atténuer les crimes commis, par des réflexions ; mais, plus sage que le pétitionnaire, je ne serai pas assez imprudent pour rallumer l'esprit de parti, en jugeant les torts des uns et les fautes des autres.

Nous arrivons enfin à la proposition de M. de Montjau ; elle se divise en six articles ; et, lorsqu'on les a tous lu, on se demande ce que veut M. de Montjau ; car il a tout ce qu'il désire. Le but de cette pétition n'est donc que de faire parler de lui, *Vanitas vanitatum onmiun est vanitas.*

1°. *S'il n'est pas d'une indispensable nécessité de laisser*

*la ville de Nismes garantie par une garnison aussi forte
que celle qui va lui être enlevée.*

Une garnison plus forte remplace celle qui résidait
anciennement à Nismes.

2.º *S'il ne doit pas être enjoint à tous les commandans des forces armées, conformément aux lois et ordonnances en vigueur, de ne porter d'autres circulaires
ou dépêches que celles du gouvernement.*

On ne connaît point de commandans de forces armées
porteurs de circulaires ; mais comme il existe des lois
et des tribunaux, accusez, on vous fera justice.

3.º *Si l'action du ministère public ne doit pas cesser
d'être arrêté relativement au moins à Truphémy et à
Trestaillon.*

Comment, une condamnation aux galères à perpétuité
ne vous paraît pas assez grave ? vous méritez mieux, je
crois, le titre d'*implacable* que ceux à qui vous le donnez.

4.º *S'il n'est pas indispensable de juger ces deux
hommes au moins à quarante lieues de Nismes et hors
des départemens du midi.*

Ces deux hommes ont été jugés ; l'un l'a été plusieurs
fois, et toujours acquitté.

5.º *S'il n'est pas également nécessaire que la police
administrative interdise aux anciens gardes nationaux
de Nismes les signes de ralliement et uniformes qui ne
sont autorisés que pour les corps légalement organisés.*

La garde nationale n'existe plus ; donc nul n'a le droit
d'en porter les habits ou décorations : je crois que la
police administrative n'a nullement besoin des pétitions

de M. de Montjau , pour faire exécuter des lois , ordonnances et règlemens.

6.º *Enfin*, *s'il n'est pas très-urgent de faire exécuter le désarmement effectif de la garde nationale de Nismes.*

On a déjà désarmé la garde nationale ; elle n'existe plus : on ne peut la désarmer de nouveau.

M. de Montjau ne demande donc que des choses qui existent. Ah ! jeune encore, ardent , à la merci des passions les plus vives, le pétitionnaire leur a payé, par cet écrit, un triste et malheureux tribut. La fougue de son âge , la chaleur de son esprit et de son âme, l'ont entraîné dans quelques écarts. M. de Montjau a entassé dans son écrit des mots qui hurlent, qui épouvantent d'eux-mêmes : ce sont des mots à fracas. On croit voir Nismes , le Royaume entier bouleversés , à ces terribles sons, à ces accens sinistres. Ah ! M. de Montjau , jusqu'où ne s'égare-t-on pas en cédant à des impulsions , lorsqu'on devrait , au contraire , asservir tous ces mouvemens , tous ces écrits , à la lenteur de la réflexion , à la plus froide impassibilité ! Ce que le monde blâme souvent , M. de Montjau , la loi ne le punit pas. La loi se tait où les convenances parlent ; elle est moins difficile que l'éducation et la conscience. Qui peut avec justice juger ces déplorables excès ? qui connaît les détails, les intentions secrètes , les illusions qui peuvent excuser leurs fautes ? On sait qu'il est des faits positifs , des actions que rien n'excuse ; mais du moins faut-il que ces preuves en soient irrécusables; et, dans ce cas même , il n'est pas permis d'ajouter légèrement un blâme à de plus justes flétrissures; c'est distiller le poison sur une plaie déjà mortelle.

Éloigné de deux siècles de ces affreux événemens, nos descendans pourront en parler, non sans horreur, mais sans partialité ; on pourra répandre des clartés sur ses motifs et ses effets tragiques, sans être l'approbateur tacite des uns, ou le contemplateur insensible des autres ; et quand on enlèverait à l'année 1815 les trois quarts de ses excès, elle serait encore assez nombreuse en jours affreux, pour être détestée de ceux en qui tout sentiment d'humanité n'est pas entièrement éteint.